AF300695

Analyse de l'œuvre

Par Mathilde le Floc'h et Éloïse Murat

Le Premier Homme

d'Albert Camus

Rendez-vous sur lepetitlitteraire.fr et découvrez :

Plus de 1200 analyses
Claires et synthétiques
Téléchargeables en 30 secondes
À imprimer chez soi

ALBERT CAMUS

ÉCRIVAIN, DRAMATURGE, ESSAYISTE ET PHILOSOPHE FRANÇAIS

- **Né en 1913 à Mondovi (Algérie)**
- **Décédé en 1960 à Villeblevin (France)**
- **Quelques-unes de ses œuvres :**
  - *L'Étranger* (1942), roman
  - *Le Mythe de Sisyphe* (1942), essai
  - *La Peste* (1947), roman

Albert Camus a grandi dans un quartier pauvre d'Alger avec son frère, sa mère – une femme sourde et illettrée – et sa grand-mère – exigeante et sévère. Il a très peu connu son père, mort durant la Première Guerre mondiale (1914-1915). Repéré pour ses capacités intellectuelles par son instituteur, Camus est poussé à entreprendre de longues études. Jeune adulte, il entre au parti communiste puis travaille dans un journal appartenant au Front populaire. Il se déclare anticolonialiste.

Au moment de l'Occupation (1940-1944), il part vivre à Paris et continue de travailler pour la presse. Camus rédige plusieurs de ses grands succès à cette époque et les publie aux éditions Gallimard, notamment *L'Étranger* et *Caligula* (1944). À la Libération (1944-1945), l'écrivain rencontre un véritable succès avec son roman *La Peste*. Durant la période d'après-guerre, il écrit également *La Chute* (1956), un livre pessimiste contre l'existentialisme. Il obtient le prix Nobel de littérature en 1957.

Décédé en 1960 dans un accident de voiture, il a laissé derrière lui une grande œuvre fondée sur la prise de conscience de l'absurde de la condition humaine et de la révolte pour la combattre, acte qui donne un sens à l'existence.

LE PREMIER HOMME

UN ENFANT EN QUÊTE D'UN PÈRE ABSENT

- **Genre :** roman autobiographique
- **Édition de référence :** *Le Premier Homme*, Paris, Gallimard, coll. « Folio », 2000, 380 p.
- **1re édition :** 1994
- **Thématiques :** mémoire, famille, identité, mort, Algérie, guerre, figure paternelle

Peu de temps avant sa mort, Camus écrit *Le Premier Homme*. Il s'agit d'un roman autobiographique dans lequel l'auteur raconte une partie de sa vie à travers le personnage de Jacques Cormery, un alter ego inventé. Ce personnage qui vit en France revient en Algérie, où il a grandi, pour tenter de savoir comment était son père qu'il n'a jamais connu, ce dernier étant mort durant la Première Guerre mondiale. Jacques Cormery se remémore de nombreux souvenirs à propos de sa jeunesse avec sa mère, sa grand-mère et son instituteur.

Camus décède avant d'avoir pu terminer ce livre. C'est sa fille qui s'est chargée de faire publier le manuscrit inachevé et fragmentaire en 1994 aux éditions Gallimard. *Le Premier Homme* aurait dû être le premier tome d'une trilogie.

RÉSUMÉ

Le Premier Homme est une autobiographie romancée réalisée par Albert Camus à la fin de sa vie. Elle est écrite à la troisième personne et le héros, Jacques Cormery, est le double de Camus. Bien qu'il soit mort avant d'avoir pu terminer cet ouvrage, il décrit assez longuement sa jeunesse, tout en faisant plusieurs allers-retours entre l'homme adulte et l'enfant. Le roman s'ouvre sur une dédicace à sa mère : « À toi qui ne pourras jamais lire ce livre. » (CAMUS A., *Le Premier Homme*, Paris, Gallimard, coll. « Folio », 1994, p. 13)

À bord d'une carriole conduite par un Arabe, un couple dont la femme est enceinte parvient au village de Solférino, sur les hauts plateaux d'Algérie, non loin de la frontière tunisienne. L'homme vient d'y prendre la gérance d'une terre. La femme subit les premières contractions de son accouchement avant même qu'ils ne soient entrés dans la ferme de la propriété. Tandis que son mari part chercher un médecin, elle est prise en charge par des femmes arabes. Lorsque le mari revient, accompagné d'un médecin, sa femme a déjà accouché.

L'enfant n'est autre que le héros de l'histoire, Jacques Cormery. Malheureusement, le père de l'enfant meurt au combat quelques années après sa naissance, lors de la Première Guerre mondiale. Jacques ne garde alors que très peu de souvenirs de lui. Le seul fait marquant dont il se souvienne réellement est l'exécution de Pirette, un meurtrier, à laquelle son père a assisté. Jacques se rappelle du retour de ce dernier à la maison et de ce qu'il lui avait dit. Cette histoire l'a marqué à un point tel qu'il a l'impression d'avoir accompagné son père lors de cet évènement.

Quarante ans plus tard, Jacques effectue un voyage en train depuis Paris vers Saint-Brieuc (Bretagne). À la demande de sa mère, il se rend au cimetière pour voir la tombe de son père, mais cette démarche a peu de sens pour lui. En découvrant les dates inscrites sur la pierre tombale, il est pourtant ébranlé : son père est mort alors qu'il était plus jeune que lui.

Cette révélation le pousse à faire des recherches sur celui qui lui a donné la vie. Son investigation dans le passé lui permet alors de raconter son histoire et d'évoquer sa famille.

À Saint-Brieuc, Jacques dine avec son ami, Victor Malan, à qui il voue une profonde admiration. Jacques lui dévoile son projet de chercher des renseignements sur son père, mais Victor craint qu'il ne soit déçu. Malgré cet avertissement, Jacques est convaincu qu'il doit réaliser cette recherche et décide de partir en Algérie, qui vient d'entrer en guerre.

Peu à peu, Jacques se rend compte que la confusion et l'incertitude en lui sont dues au silence de sa famille et de son peuple. Il évoque en effet le contraste entre la terre d'Algérie, où le vent de sable efface tout souvenir, et la métropole, qui elle conserve la mémoire. De plus, la famille de Jacques était extrêmement pauvre, or, selon lui, les pauvres ont moins de repères dans le temps et dans l'espace que les riches.

La cheffe de famille était sa grand-mère. Aussi n'est-il pas étonnant que Jacques en fasse une description détaillée. Figure d'autorité, c'est elle qui gérait les comptes, l'achat des vêtements et des courses, ainsi que toutes les activités de la famille. Elle ne faisait preuve d'aucune tendresse. Sur le bateau qui le mène en Algérie, Jacques se rappelle des siestes qu'il faisait avec elle dans l'appartement d'Alger : lorsqu'il faisait trop chaud, sa grand-mère lui imposait de dormir avec elle et, pour lui, ces siestes étaient des moments de grand ennui.

Il se souvient également qu'un jour, sa grand-mère lui avait demandé d'aller chercher une poule dans le poulailler afin de la manger. Malgré sa peur, il avait exécuté cette tâche. Pour le remercier de son courage, sa grand-mère l'avait invité à assister dans la cuisine à son égorgement. Devant ce spectacle, Jacques avait été pris d'une peur panique de la mort.

Arrivé en Algérie, Jacques rend visite à sa mère. Elle apparait « douce, polie, conciliante, passive [...], isolée dans sa demi-surdité » (p. 71) : en cela elle constitue l'opposé de la grand-mère de Jacques. Il la questionne sur son père, mais Lucie Cormery ne se souvient que de très peu de choses : ses souvenirs se limitent à peu près à l'annonce du décès de son mari par le maire et à la remise du morceau d'obus qui l'avait blessé à mort. Dans la rue, une explosion retentit, leur rappelant qu'ils sont au cœur de la guerre d'Algérie (1954-1962). En effet, le temps de la narration se situe en 1954.

Jacques se remémore également les moments passés avec son oncle, Étienne. D'une grande beauté, celui-ci était cependant plus sourd encore que Lucie, au point qu'il n'a pas pu travailler pendant son enfance. Il a donc profité de son temps libre pour apprendre à lire. Jacques se souvient des parties de chasse avec lui et son chien Brillant. Il raconte que les colères de son oncle étaient « aussi immédiates et entières que ses plaisirs » (p. 128). Ce dernier a été le premier modèle masculin de Jacques.

Jacques évoque ensuite M. Bernard, son maitre d'école, qui était également un père de substitution pour lui. Il avait participé à la bataille de la Marne (1914) et en était revenu. Le parallélisme entre lui et le père de Jacques était donc très explicite, puisque ce dernier avait aussi pris part à cette bataille. Jacques décrit le déroulement de la classe et la relation privilégiée qu'il avait avec son maitre.

Si M. Bernard était plein d'attentions envers les

élèves, il n'en était pas moins sévère : quand les enfants commettaient une faute grave, il leur donnait la fessée avec une grosse règle qu'il appelait « sucre d'orge » (CAMUS A., *Le Premier Homme*, Paris, Gallimard, coll. «Folio», 1994, p. 168). Cette punition était acceptée par les élèves, car le maitre était d'une équité absolue. À l'époque, c'était principalement aux instituteurs d'inculquer les valeurs morales.

À la fin de l'année, M. Bernard avait inscrit Jacques à la bourse des lycées et des collèges, et c'est ainsi que le petit Cormery est parvenu à poursuivre ses études, malgré la pauvreté de sa famille. Quand Jacques, au début de l'année, avait dû marquer la profession de sa mère sur une fiche et qu'incité par un camarade, il avait écrit « domestique », il avait commencé à avoir honte et avait alors pris conscience de l'importance des parents dans la construction de soi.

Les jeudis sans punition et les dimanches étaient consacrés aux courses et aux travaux de la maison. Le reste du temps, Jacques jouait au football avec ses amis sur la plage. Les équipes se composaient d'Arabes et de Français. Parfois, ils allaient lire à la bibliothèque municipale des albums illustrés et des histoires de héros. Jacques était passionné de lecture et gagnait souvent des livres à l'occasion des remises de prix scolaires.

Le récit de l'enfance de Jacques s'arrête à cet instant, car Albert Camus est décédé avant d'avoir pu continuer la narration de la vie de son héros. Au terme de l'histoire, Jacques n'a pas obtenu toutes les réponses qu'il cherchait, mais il a pu se remémorer des sensations de sa jeunesse et des moments passés avec sa famille et sa mère qu'il a aimée éperdument.

ÉTUDE DES PERSONNAGES

JACQUES CORMERY

Jacques Cormery, le narrateur, est le double d'Albert Camus. Il a la même date de naissance que lui et semble avoir vécu la même vie que lui : il passe sa jeunesse au même endroit et leur entourage est identique. Albert Camus a retracé des moments forts de sa vie en utilisant des personnages fictifs aux noms différents.

Le récit est construit à partir d'une alternance entre l'histoire de Jacques enfant et celle de Jacques adulte. Une oscillation apparait ainsi entre les souvenirs d'enfance (le temps du passé) et le présent (le temps de la narration). Élevé sans père, Jacques évolue dans une famille d'Alger très pauvre. Il aime passionnément sa mère et craint sa grand-mère. C'est un garçon obéissant. Doué à l'école, il poursuit ses études au lycée, et bénéficie de l'enseignement et de la culture dont est privé le reste de sa famille.

Une fois adulte, il se rend sur la tombe de son père à Saint-Brieuc. Cet épisode déclenchera chez lui la volonté de faire des recherches sur son père et sera le moteur de l'histoire – sans doute même, dans le cas d'Albert Camus, la raison de l'écriture du roman.

Cette recherche a lieu assez tard : Jacques a déjà 40 ans. Selon lui, l'être humain se construit grâce à ses parents. Il entreprend ainsi une véritable quête de lui-même à travers ses questionnements sur son père. À la fin du récit, Jacques estime qu'il n'a pas pu se construire à partir du modèle paternel puisque celui-ci était absent : il considère qu'il a évolué par lui-même, grâce à l'instituteur qui a cru en lui et à sa propre soif d'apprendre. Aussi s'envisage-t-il comme le « premier homme » (*ibid.*, p. 213).

Après avoir cherché en vain qui était son père, Jacques conclut que c'est sa propre personne, avec ses propres convictions, qui a pu forger l'homme qu'il est désormais. C'est grâce à lui seul qu'il a pu quitter sa condition sociale initiale. L'état de confusion dans lequel était le héros au début de l'histoire a donc provoqué une volonté de retour aux sources : Jacques a pu tirer un enseignement de son passé et comprend à présent mieux qui il est et le chemin parcouru pour y arriver.

LUCIE CORMERY

Lucie Cormery est la mère de Jacques et de Louis (appelé parfois Henri dans le roman). Elle est majoritairement décrite en fonction de son rôle et de sa place dans la famille. Les visites d'Antoine, son prétendant, sont les seuls moments où elle est présentée avant tout comme une femme.

Le roman lui est dédié (« À toi qui ne pourras jamais lire ce livre », *ibid.*, p. 13). En effet, Lucie Cormery, très pauvre, n'a jamais eu accès à l'enseignement et ne sait pas lire. De plus, sa surdité l'enferme, l'isole et la maintient dans une attitude de contemplation. L'auteur écrit qu'elle regardait « par la même fenêtre le mouvement de la même rue qu'elle avait contemplé pendant la moitié de sa vie » (p. 111).

Son état de repli la contraint d'ailleurs à renoncer à son rôle de mère dans l'éducation de ses enfants : c'est sa propre mère qui devient la cheffe de la famille. Dès lors, Lucie est mère, non parce qu'elle éduque ses enfants, mais en raison de l'amour et de la tendresse qu'elle leur voue.

HENRI CORMERY

Henri Cormery est le père de Jacques. Comme sa femme, il est rarement nommé dans le récit. Désigné par le terme générique « l'homme », il prend une dimension générale, quasiment parabolique. Il apparait dans le premier chapitre, à la naissance de Jacques. Né en 1885, il est mort en 1914 à Saint-Brieuc, après avoir été blessé à la bataille de la Marne. Ce père, tombé dans l'oubli et mort sur une terre inconnue (la métropole), constitue le moteur de l'histoire. Après s'être rendu sur sa tombe au cimetière de Saint-Brieuc, Jacques n'aura de cesse de chercher des renseignements sur cet inconnu qui lui a donné la vie.

LA GRAND-MÈRE

La grand-mère de Jacques n'est pas désignée par son prénom, mais, à l'instar de Lucie Cormery, et de manière plus exacerbée, elle est définie par son rôle : celui de cheffe de famille. Elle gère l'ensemble des tâches de la maison. C'est elle qui décide si Jacques doit poursuivre ses études et c'est elle encore qui lui trouve un travail chez un courtier maritime.

Contrairement à sa fille, pleine d'amour et de douceur, la grand-mère est exclusivement une figure d'autorité et de punition. L'éducation de Jacques et de Louis est par conséquent dédoublée : leur mère leur apporte l'amour et l'affection, tandis que leur grand-mère fait preuve de sévérité, leur inculquant la discipline. Jacques ne montre jamais de sympathie pour cette dernière, et sa mort ne fait pas même l'objet d'un paragraphe dans le roman.

M. BERNARD

M. Bernard est à la fois le maitre d'école de Jacques et son père de substitution : « [Jacques] n'avait pas connu son père, mais il lui [M. Bernard] en parlait souvent sous une forme un peu mythologique et, dans tous les cas, à un moment précis, [M. Bernard] avait su remplacer ce père. » (CAMUS A., *Le Premier Homme*, Paris, Gallimard, coll. « Folio », 1994, p. 153)

Comme Henry Cormery, M. Bernard a participé à la bataille de la Marne, mais lui y a survécu.

C'est grâce à lui que Jacques s'est construit, qu'il est allé au lycée et sans doute qu'il est devenu écrivain.

M. Bernard est aussi la seule et unique voie de la remémoration pour Jacques. Sa figure s'oppose ainsi à la mémoire effacée omniprésente dans le récit. Jacques se souvient notamment de la lecture en classe d'un roman de la Première Guerre mondiale, *Les Croix de bois* (1919) de Roland Dorgelès (écrivain français, 1885-1973), dont l'histoire entre en résonance avec celle de son propre père.

ÉTIENNE

Étienne (parfois appelé Ernest dans le roman) est l'oncle de Jacques et de Louis. Malgré qu'il soit le seul homme dans la famille, il n'a pas un rôle marquant dans l'éducation de Jacques. Atteint d'une plus grande surdité encore que celle de sa sœur Lucie, il n'a pas pu travailler durant son enfance, ce qui lui a permis d'apprendre à lire.

Jacques le décrit comme « tout à fait sourd [...] et s'exprimant autant par onomatopées et par gestes qu'avec la centaine de mots dont il disposait » (*ibid.*, p. 113). Aux yeux de son neveu, il a développé une certaine intelligence, et l'auteur compare alors les études et les travaux manuels. Il est intéressant de remarquer que Jacques lui-même, enfant studieux, n'aime pas réellement les travaux manuels. Arrivé à l'âge adulte, Étienne finit par accéder à une activité manuelle pour gagner sa vie, mais garde tout de même son intelligence initiale : il est « fin et rusé […], une sorte d'intelligence instinctive lui [permet] de se diriger dans un monde et à travers des êtres qui pourtant [sont] pour lui obstinément silen-cieux » (*ibid.*).

Étienne admire les réussites scolaires de Jacques. Il s'occupe de lui en l'emmenant à la natation et à la chasse. Se crée ainsi entre Jacques et son oncle une certaine complicité, un amour réciproque et assez atypique compte tenu des difficultés de l'oncle à s'exprimer.

CLÉS DE LECTURE

UN ROMAN AUTOBIOGRAPHIQUE

Dans le roman autobiographique, l'auteur est à la fois le narrateur et le personnage principal de l'histoire. Il s'agit d'un « récit rétrospectif en prose qu'une personne réelle fait de sa propre existence lorsqu'elle met l'accent sur sa vie individuelle, en particulier sur l'histoire de sa personnalité » (LEJEUNE, P., *Le Pacte autobiographique*, Paris, Seuil, coll. « Points », 1996, p. 14).

Ainsi, l'auteur parle de sa propre vie et des expériences qu'il a réellement vécues. Une forme d'accord avec le lecteur, appelé « pacte autobiographique », s'établit alors à l'entame de l'histoire : l'auteur s'engage à se présenter tel qu'il est réellement. Grâce au recul qu'il a par rapport aux évènements passés, il porte souvent un regard critique sur ceux-ci.

L'autobiographie permet ainsi à l'auteur de réfléchir sur les choses qu'il a accomplies tout au long de sa vie, de faire le point, de comprendre la raison de certains évènements, et de laisser aux lecteurs une trace de la personne qu'il a été.

Notons néanmoins que si l'histoire racontée dans un roman autobiographique est inspirée de la réalité de l'écrivain, celle-ci est tout de même romancée sur certains points. Ce phénomène se traduit le plus souvent par une modification du nom des personnages, de certaines situations, de certains lieux, etc. En règle générale, on dit alors du personnage qui représente l'auteur qu'il est son double ou son alter ego, marquant ainsi une infime divergence entre les deux identités.

Dans *Le Premier Homme*, la jeunesse de Jacques Cormery est similaire à celle d'Albert Camus : tout comme Jacques, le père de Camus était absent, sa mère était sourde et illettrée, et sa grand-mère sévère. Néanmoins, Camus a modifié les noms des membres de sa famille et de son entourage.

En écrivant cette autobiographie romancée, son objectif ne consiste donc pas en un exposé minutieux et réaliste de sa vie, mais en une découverte de ce qui lui a permis de devenir ce qu'il est au moment de l'écriture de son roman. Il souhaite se créer une meilleure appréhension de lui-même, de son père et de sa famille.

LA FIGURE PATERNELLE

Dès le début de son récit, Jacques Cormery cherche à en apprendre davantage sur son père. Ne connaissant rien de lui, il décide de retourner en Algérie pour tenter de récolter des renseignements à son sujet. Il se déplace dans différents lieux où son père a vécu ou travaillé, interroge des personnes qui ont pu le connaitre, mais sa quête ne le mène pas vers des résultats satisfaisants. Même sa mère est incapable de lui transmettre des informations. Dépité, Jacques réalise que les années ont quasiment effacé toute trace du passage de son père, qu'il n'apparait plus que comme un homme qui a laissé des enfants à son épouse avant de mourir au combat.

Si Jacques n'a pas connu son père, il n'a néanmoins pas été dépourvu de figures paternelles durant sa jeunesse. Ainsi, il considère son oncle Étienne comme un exemple, et voue surtout une véritable admiration pour son instituteur, M. Bernard, sans doute parce que les expériences de celui-ci présentent certaines similitudes avec le vécu de son père. L'instituteur insiste d'ailleurs pour que ses élèves soient conscients des sacrifices offerts par les hommes morts au combat.

Peu à peu, Jacques délaisse l'image du père absent comme figure paternelle pour la remplacer par celle de M. Bernard. L'instituteur prend le jeune Cormery sous son aile, le conseille et le pousse à faire des études, malgré le fait qu'il vienne d'un milieu pauvre. Lorsque Jacques obtient la bourse pour étudier au lycée, il ressent de la tristesse à l'idée de ne plus côtoyer M. Bernard, sans qui tout cela n'aurait pas été possible.

Le titre de l'ouvrage, *Le Premier Homme*, peut alors s'expliquer à travers la thématique du père absent. Jacques Cormery a le sentiment de n'être le fils d'aucun homme, d'une part parce que son père n'a jamais été là, mais également parce qu'il est le premier de sa famille à suivre un cursus d'études et à repartir en France. En étant le premier à tracer sa propre destinée, en sortant du schéma traditionnel familial où tous les hommes devenaient des ouvriers au village, il devient le premier homme d'une classe différente. N'étant pourvu d'aucun héritage, il façonne seul sa nouvelle vie. Et c'est grâce à la personne qu'il a identifiée comme figure paternelle qu'il parvient à élaborer ce nouveau départ : celui d'un homme de lettres en France.

LE PEUPLE ALGÉRIEN

Tout au long du récit de Jacques, l'histoire du peuple algérien apparait en trame de fond. Albert Camus décrit la séparation culturelle qui existe entre les Arabes et les Français : excepté par l'intermédiaire des commerces, les deux peuples se mélangent peu.

Le peuple algérien se caractérise principalement par la pauvreté dans laquelle il est enraciné. Cet état précaire transparait dans la description que fait Camus de sa famille : pour lutter contre la misère, les membres de la famille Cromery tra-vaillent d'arrachepied depuis leur enfance. D'une certaine façon, même la grand-mère résiste à cette pauvreté en poussant ses petits-fils à tra-vailler et à assurer leur avenir.

En outre, le peuple algérien se distingue par son anonymat. Par définition, le terme « peuple » dé-signe un groupement de personnes, prises dans une dimension collective, privées d'individualité et par conséquent anonymes. Ayant grandi dans une famille pauvre d'Alger, Jacques Cormery/ Albert Camus a réussi à échapper à l'anonymat (« Lui avait essayé d'échapper à l'anonymat, à la vie pauvre, ignorante obstinée, il n'avait pu vivre au niveau de cette patience aveugle, sans phrases, sans autre projet que l'immédiat », p. 214), contrairement aux siens. Il souhaite dès lors donner un nom et céder la parole au peuple qui l'a construit :

- d'une part en faisant de certains personnages, notamment celui de sa mère, l'incarnation du peuple. En effet, qui d'autre que sa mère – effacée, sans souvenirs et repliée dans le mutisme – peut mieux représenter cette nation anonyme, sans mémoire et muette, cette terre de l'oubli qu'est l'Algérie ? La mère, représentation du peuple algérien, prend dès lors une dimension allégorique ;
- d'autre part en plaçant ce peuple en arrière-plan du récit de ses propres souvenirs. En effet, par l'écriture, il lui restitue son histoire, lui donne la parole et revient sur son passé. Le roman représente ainsi la *vox populi* (la voix du peuple). Celle-ci est définie comme « une seule

ombre anonyme, signalée par un sourd piétinement et un bruit confus de voix » (p. 151). *Le Premier Homme* est ainsi la parole du peuple sur le peuple.

L'auteur insiste sur le fait que le peuple algérien est sans mémoire, qu'il ne vit que dans le présent, sans passé ni avenir : « Un immense oubli s'était étendu sur eux. » (p. 93) Cette absence de mémoire du peuple est expliquée par Camus de manière très concrète : « La mémoire des pauvres déjà est moins nourrie que celle des riches, elle a moins de repères dans l'espace puisqu'ils quittent rarement le lieu où ils vivent, moins de repères aussi dans le temps d'une vie uniforme et grise. » (*ibid.*)

La peur de l'oubli constitue également l'un des moteurs de l'écriture de ce roman. Ainsi, c'est parce que Albert Camus ne veut pas que son histoire et celle de son peuple soient oubliées qu'il écrit. Remarquons également que le temps de la narration se situe à la fin des années 1950, au moment de la guerre d'Algérie.

La guerre d'Algérie

À partir de 1830, l'Algérie est devenue une colonie française. Après la Seconde Guerre mondiale (1939-1945), de nombreuses colonies européennes qui avaient participé aux efforts de guerre ont réclamé leur indépendance ; cela a été le cas de plusieurs pays comme l'Inde, le Sénégal et l'Algérie notamment.

L'Algérie est ainsi entrée en guerre d'Indépendance contre les Français de 1954 à 1962, car ceux-ci refusaient de renoncer à leur colonie algérienne. Lorsque l'Indépendance fut déclarée, les Français qui vivaient en Algérie furent rapatriés en France ; on les appela les « Pieds noirs ».

Durant la guerre d'Algérie, Camus est très partagé. Hésitant entre ses origines françaises et sa jeunesse algérienne, militant pour la paix, il est angoissé par ce conflit. Il tente de se prononcer publiquement sur cette guerre, mais son discours est si nuancé pour les deux camps que les Français et les Algériens voient en lui un ennemi de leur cause. En écrivant *Le Premier*

Homme, Camus tente sans doute de réconcilier deux cultures qui s'affrontent et qui font son patrimoine.

MÉMOIRE ET HISTOIRE

L'histoire et la mémoire occupent une place importante dans ce roman autobiographique, puisqu'il s'agit de la vie d'un homme qui n'a pas d'histoire et de ses souvenirs dans une famille sans mémoire.

Deux univers semblent coexister dans le roman, celui d'Alger et celui de la métropole française. La terre d'Alger est sans mémoire, alors que la France conserve ses souvenirs.

Ces deux terres, présentes par alternance dans le roman, sont bien distinctes dans l'esprit du narrateur : « La Méditerranée séparait en moi deux univers, l'un où dans des espaces mesurés les souvenirs et les noms étaient conservés, l'autre où le vent de sable effaçait les traces des hommes sur de grands espaces. » (p. 214) Au monde de l'enfance – l'Algérie – s'oppose celui de l'âge adulte – la France.

À l'occasion de ses recherches, Jacques retourne dans la ferme où il est né ; là, il parle au fermier qui y habite à présent et qui lui dit : « Puisque vous êtes du pays, vous savez ce que c'est. Ici, on ne garde rien. On abat et on reconstruit. On pense à l'avenir et on oublie le reste. » (p. 197) Ce contraste entre les deux terres est manifeste grâce à l'exemple des pierres tombales. En effet, aux tombes usées et verdies du cimetière de Mondovi (Algérie) s'opposent celles, bien entretenues, de celui de Saint-Brieuc.

Deux personnages, qui ont beaucoup compté pour Jacques et qui ont été essentiels dans son éducation, sont représentatifs de l'opposition entre les deux terres. Le premier, Lucie Cormery, représente l'oubli, la terre d'Alger et la pauvreté ; l'autre, M. Bernard, constitue une passerelle vers les souvenirs et un lien avec la métropole :

- Lucie Cormery n'a pas de mémoire, elle est condamnée à l'oubli. Ainsi, aux questions que lui pose Jacques, elle n'aura de cesse de répondre qu'elle ne se souvient pas ou qu'elle n'a jamais su ;
- M. Bernard, quant à lui, tente, par la culture et l'enseignement, de donner à Jacques une his-

toire, qui n'est pas la sienne, mais qui pourrait l'être. Ainsi, la lecture du livre *Les Croix de bois* n'est pas l'histoire de son père à la guerre, mais aurait pu l'être.

Dès lors, la signification du titre du roman se clarifie : le « premier homme » désigne Jacques, qui est né sur une terre *ex nihilo* (l'Algérie) et qui ne parvient donc pas, par le biais de la mémoire, à reconstituer son histoire. Malgré toutes ses recherches, beaucoup d'incertitudes persistent parmi ses souvenirs. Il est le premier homme non seulement parce que l'histoire de l'Algérie est tombée dans l'oubli avant son arrivée, mais aussi parce qu'en racontant son histoire, il devient le représentant de tous les hommes d'Algérie.

LA THÉMATIQUE DU SOLEIL ET DE L'EXOTISME

La thématique du soleil est récurrente dans l'œuvre de Camus. Elle est présente dans *L'Étranger*, par exemple, où le soleil tient un rôle actif dans le déroulement de l'action puisqu'il déclenche notamment le crime commis par Meursault. Dans *Le Premier Homme*, le soleil est plus discret, mais n'en est pas moins omniprésent.

Il a plusieurs rôles et plusieurs significations :

- il est tout d'abord synonyme d'étouffement et d'ennui pour Jacques. La chaleur du soleil lui rappelle les siestes de son enfance. Lorsque le soleil était trop chaud, sa grand-mère l'obligeait à faire des siestes interminables avec elle. Ainsi, les siestes étaient précédées des mots de Jacques enfant, « Je m'ennuie ! Je m'ennuie ! » (p. 51) répétés « comme une litanie » (*ibid.*) ;
- ensuite, le soleil accompagne Jacques dans ses souvenirs, c'est grâce à lui qu'il parvient à se rappeler les moments passés à Alger. En effet, pour Jacques, l'un ne va pas sans l'autre. Le soleil est intimement lié à la ville d'Alger. Le soleil dégage une chaleur écrasante, qui apparait comme l'atmosphère récurrente de la ville. D'ailleurs, au chapitre IV, sur le bateau qui le mène à Alger, le soleil l'accompagne. Il est comme un fil conducteur de ses souvenirs qui le mène à la terre de son enfance ;
- enfin, le soleil exacerbe la violence. Au cours de la visite de Jacques à Solférino, dans la ferme où il est né, il rencontre le médecin qui était présent à sa naissance. Celui-ci lui explique que « les hommes sont affreux, surtout sous

le soleil féroce » (p. 209). La violence est ainsi en partie justifiée par le soleil.

Le soleil algérien s'oppose au froid de la métropole. Pour Jacques enfant, qui ne connait que les grandes chaleurs et les paysages désertiques, le froid glacé de la France relève de la mythologie. Il raconte que les récits d'enfants portant un bonnet et un cache-nez de laine sur des chemins couverts de neige représentaient pour lui « l'exotisme même » (p. 162). Ces histoires, racontées en classe, « faisaient partie pour lui de la puissante poésie de l'école » (p. 163) et nourrissaient ses rêves. Cet exotisme positif était doublé dans son imaginaire d'un exotisme négatif, « où la peur et le malheur rôdaient » (p 165). En effet, il associait également la guerre à la métropole, car son père était parti en France pour combattre et n'en était pas revenu.

Avec son roman autobiographique, *Le Premier Homme*, Albert Camus revient sur les évènements significatifs de sa vie qui ont construit la personne qu'il est au moment de l'écriture de ce texte. Sans père, au cœur d'une terre marquée par l'oubli et la précarité, Jacques – le double de l'écrivain – est le premier homme, car il a forgé son identité seul mais également parce que, au moyen de son récit, il a tenté d'extraire le peuple algérien de l'anonymat.

PISTES DE RÉFLEXION

QUELQUES QUESTIONS POUR APPROFONDIR SA RÉFLEXION…

- Que signifie le titre *Le Premier Homme* ? À quel personnage, à quelle notion renvoie-t-il ?
- Étudiez la place et la représentation du peuple dans le roman.
- En quoi peut-on dire que *Le Premier Homme* est un roman sur l'histoire et la mémoire ?
- Peut-on dire que *Le Premier Homme* est un roman initiatique ?
- Quelles sont les raisons, selon vous, qui poussent Albert Camus à dédier le roman à sa mère ?
- En quoi le premier chapitre peut-il être assimilé au récit d'une naissance biblique ? Quel effet en découle ?
- Quelle est la place du mythe dans l'œuvre d'Albert Camus ?
- La pauvreté dans le roman d'Albert Camus est-elle une réelle entrave à la liberté ? Si oui, pourquoi ?

- Camus a toute sa vie voulu parler au nom de ceux à qui la parole était refusée. Dans *Le Premier Homme*, cette volonté de l'auteur est également présente. Expliquez.
- Quel est le rôle du soleil dans l'œuvre ? Comparez-le avec son rôle dans d'autres œuvres de Camus comme *Noces* (1938).

Votre avis nous intéresse !
Laissez un commentaire sur le site de votre librairie en ligne
et partagez vos coups de cœur sur les réseaux sociaux !

POUR ALLER PLUS LOIN

ÉDITIONS DE RÉFÉRENCE

- Camus A., *Le Premier Homme*, Paris, Gallimard, coll. « Folio », 1994, 386 p.

- Camus A., *Le Premier Homme*, Paris, Gallimard, coll. « Folio », 2000, 380 p.

ÉTUDES DE RÉFÉRENCE

- Cielens I., *Trois fonctions de l'exil dans les œuvres de fiction d'Albert Camus*, Université d'Uppsala, 1985.

- Lejeune P., *Le Pacte autobiographique*, Paris, Seuil, coll. « Points », 1996.

- Lévi-Valensi J., *Albert Camus ou la naissance d'un roman*, 1930-1942, Université Paris IV, 1981.

- Mattei J.-F., « Le premier ou le dernier homme ? », in *La Pensée de midi*, n° 30, 2010.

- Nguyen-Thi T.-T., *Le Paysage méditerranéen et la Morale dans l'œuvre d'Albert Camus*, Université de Toulouse, 1968.

- Sarocchi J., *Camus et la recherche du père*, Université Paris IV, 1975.

- Toura H., *La Quête et les Expressions du bonheur dans l'œuvre d'Albert Camus*, Université d'Amiens, 2001.

ADAPTATION

- *Le Premier Homme*, film de Gianni Amelio, avec Jacques Gamblin et Claudia Cardinale, France-Italie, 2012.

SUR LEPETITLITTÉRAIRE.FR

- Commentaire de texte sur l'acte II de *Les Justes* d'Albert Camus.

- Commentaire de texte sur l'excipit de *L'Étranger* d'Albert Camus.

- Commentaire de texte sur l'excipit de *La Peste* d'Albert Camus.

- Commentaire de texte sur l'incipit de *L'Étranger* d'Albert Camus.

- Commentaire de texte sur l'incipit de *La Peste* d'Albert Camus.

- Commentaire de texte sur le meurtre de l'Arabe dans *L'Étranger* d'Albert Camus.

- Fiche de lecture sur *Caligula* d'Albert Camus.

- Fiche de lecture sur *La Chute* d'Albert Camus.

- Fiche de lecture sur *L'Étranger* d'Albert Camus.

- Fiche de lecture sur *Le Mythe de Sisyphe* d'Albert Camus.

- Fiche de lecture sur *La Peste* d'Albert Camus.

- Questionnaire de lecture sur *L'Étranger* d'Albert Camus.

- Questionnaire de lecture sur *Les Justes* d'Albert Camus.

- Questionnaire de lecture sur *La Peste* d'Albert Camus.

Retrouvez notre offre complète sur lePetitLittéraire.fr

- des fiches de lectures
- des commentaires littéraires
- des questionnaires de lecture
- des résumés

ANOUILH
- Antigone

AUSTEN
- Orgueil et Préjugés

BALZAC
- Eugénie Grandet
- Le Père Goriot
- Illusions perdues

BARJAVEL
- La Nuit des temps

BEAUMARCHAIS
- Le Mariage de Figaro

BECKETT
- En attendant Godot

BRETON
- Nadja

CAMUS
- La Peste
- Les Justes
- L'Étranger

CARRÈRE
- Limonov

CÉLINE
- Voyage au bout de la nuit

CERVANTÈS
- Don Quichotte de la Manche

CHATEAUBRIAND
- Mémoires d'outre-tombe

CHODERLOS DE LACLOS
- Les Liaisons dangereuses

CHRÉTIEN DE TROYES
- Yvain ou le Chevalier au lion

CHRISTIE
- Dix Petits Nègres

CLAUDEL
- La Petite Fille de Monsieur Linh
- Le Rapport de Brodeck

COELHO
- L'Alchimiste

CONAN DOYLE
- Le Chien des Baskerville

DAI SIJIE
- Balzac et la Petite Tailleuse chinoise

DE GAULLE
- Mémoires de guerre III. Le Salut. 1944-1946

DE VIGAN
- No et moi

DICKER
- La Vérité sur l'affaire Harry Quebert

DIDEROT
- Supplément au Voyage de Bougainville

DUMAS
- Les Trois
  Mousquetaires

ÉNARD
- Parlez-leur
  de batailles,
  de rois et
  d'éléphants

FERRARI
- Le Sermon sur la
  chute de Rome

FLAUBERT
- Madame Bovary

FRANK
- Journal
  d'Anne Frank

FRED VARGAS
- Pars vite et
  reviens tard

GARY
- La Vie devant soi

GAUDÉ
- La Mort du
  roi Tsongor
- Le Soleil des
  Scorta

GAUTIER
- La Morte
  amoureuse
- Le Capitaine
  Fracasse

GAVALDA
- 35 kilos d'espoir

GIDE
- Les
  Faux-Monnayeurs

GIONO
- Le Grand
  Troupeau
- Le Hussard
  sur le toit

GIRAUDOUX
- La guerre de
  Troie
  n'aura pas lieu

GOLDING
- Sa Majesté des
  Mouches

GRIMBERT
- Un secret

HEMINGWAY
- Le Vieil Homme
  et la Mer

HESSEL
- Indignez-vous !

HOMÈRE
- L'Odyssée

HUGO
- Le Dernier Jour
  d'un condamné
- Les Misérables
- Notre-Dame
  de Paris

HUXLEY
- Le Meilleur
  des mondes

IONESCO
- Rhinocéros
- La Cantatrice
  chauve

JARY
- Ubu roi

JENNI
- L'Art français
  de la guerre

JOFFO
- Un sac de billes

KAFKA
- La Métamorphose

KEROUAC
- Sur la route

KESSEL
- Le Lion

LARSSON
- Millenium I. Les
  hommes qui
  n'aimaient pas
  les femmes

LE CLÉZIO
- Mondo

LEVI
- Si c'est un
  homme

LEVY
- Et si c'était vrai…

MAALOUF
- Léon l'Africain

MALRAUX
- La Condition humaine

MARIVAUX
- La Double Inconstance
- Le Jeu de l'amour et du hasard

MARTINEZ
- Du domaine des murmures

MAUPASSANT
- Boule de suif
- Le Horla
- Une vie

MAURIAC
- Le Nœud de vipères

MAURIAC
- Le Sagouin

MÉRIMÉE
- Tamango
- Colomba

MERLE
- La mort est mon métier

MOLIÈRE
- Le Misanthrope
- L'Avare
- Le Bourgeois gentilhomme

MONTAIGNE
- Essais

MORPURGO
- Le Roi Arthur

MUSSET
- Lorenzaccio

MUSSO
- Que serais-je sans toi ?

NOTHOMB
- Stupeur et Tremblements

ORWELL
- La Ferme des animaux
- 1984

PAGNOL
- La Gloire de mon père

PANCOL
- Les Yeux jaunes des crocodiles

PASCAL
- Pensées

PENNAC
- Au bonheur des ogres

POE
- La Chute de la maison Usher

PROUST
- Du côté de chez Swann

QUENEAU
- Zazie dans le métro

QUIGNARD
- Tous les matins du monde

RABELAIS
- Gargantua

RACINE
- Andromaque
- Britannicus
- Phèdre

ROUSSEAU
- Confessions

ROSTAND
- Cyrano de Bergerac

ROWLING
- Harry Potter à l'école des sorciers

SAINT-EXUPÉRY
- Le Petit Prince
- Vol de nuit

SARTRE
- Huis clos
- La Nausée
- Les Mouches

SCHLINK
- Le Liseur

SCHMITT
- La Part de l'autre
- Oscar et la
  Dame rose

SEPULVEDA
- Le Vieux qui
  lisait des romans
  d'amour

SHAKESPEARE
- Roméo et Juliette

SIMENON
- Le Chien jaune

STEEMAN
- L'Assassin
  habite au 21

STEINBECK
- Des souris et
  des hommes

STENDHAL
- Le Rouge et
  le Noir

STEVENSON
- L'Île au trésor

SÜSKIND
- Le Parfum

TOLSTOÏ
- Anna Karénine

TOURNIER
- Vendredi ou
  la Vie sauvage

TOUSSAINT
- Fuir

UHLMAN
- L'Ami retrouvé

VERNE
- Le Tour
  du monde
  en 80 jours
- Vingt mille
  lieues sous
  les mers
- Voyage au
  centre de
  la terre

VIAN
- L'Écume des jours

VOLTAIRE
- Candide

WELLS
- La Guerre des
  mondes

YOURCENAR
- Mémoires
  d'Hadrien

ZOLA
- Au bonheur
  des dames
- L'Assommoir
- Germinal

ZWEIG
- Le Joueur
  d'échecs

www.lepetitlitteraire.fr

ISBN version numérique : 978-2-8080-0800-6
ISBN version papier : 978-2-8080-0799-3
Dépôt légal : D/2018/12603/24

Avec la collaboration d'Éloïse Murat pour l'étude du personnage d'Étienne, l'encadré « La guerre d'Algérie », ainsi que les chapitres « Un roman autobiographique » et « La figure paternelle ».

Conception numérique : Primento, le partenaire numérique des éditeurs.

Ce titre a été réalisé avec le soutien de la Fédération Wallonie-Bruxelles, Service général des Lettres et du Livre.